這就是我

文·圖 威希特　譯 林煜幃

格林文化
www.grimmpress.com.tw

這就是我⋯⋯

我喜歡我自己。

我熱愛生活，知道自己想要什麼。

我有自己做事的方法。

我酷斃了！

我喜歡把自己弄得漂漂亮亮。

我很帥。

我享受生活中的任何小事……

當然還有大事！

我會說很多種語言……

（法語：我要一條法國麵包和兩個可頌！）

不管到哪裡，我都能過得自在。

我喜歡驚喜，

也玩得很開心。

我非常勇敢。

而且，我喜歡各種挑戰。

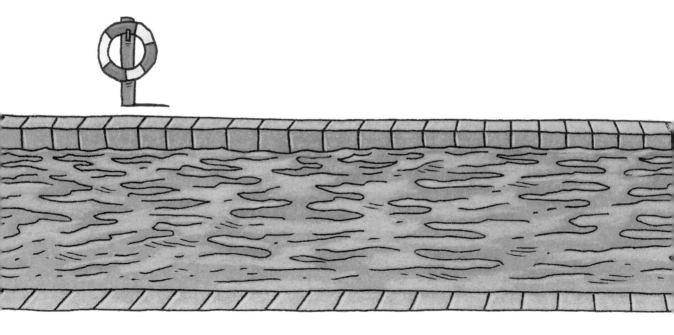

沒有事情可以嚇倒我。

嗯，其實有一些例外！

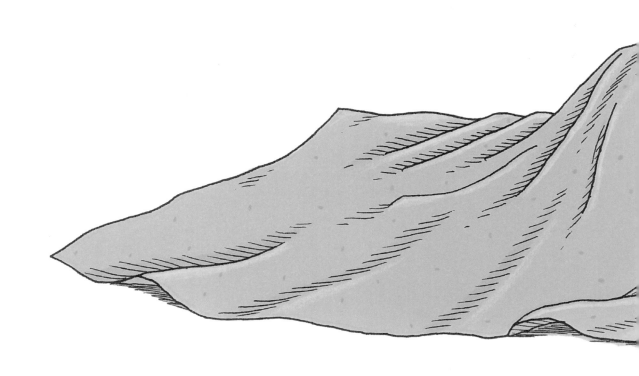

我很親切，喜歡與人分享。

我雖然個子大，但是我很溫柔。

大家都想和我做朋友！

我聰明絕頂。

我覺得自己與眾不同。

不過有時候⋯⋯

我也會很孤單……

覺得自己很渺小……

這時我就會馬上出發……

開始跑……

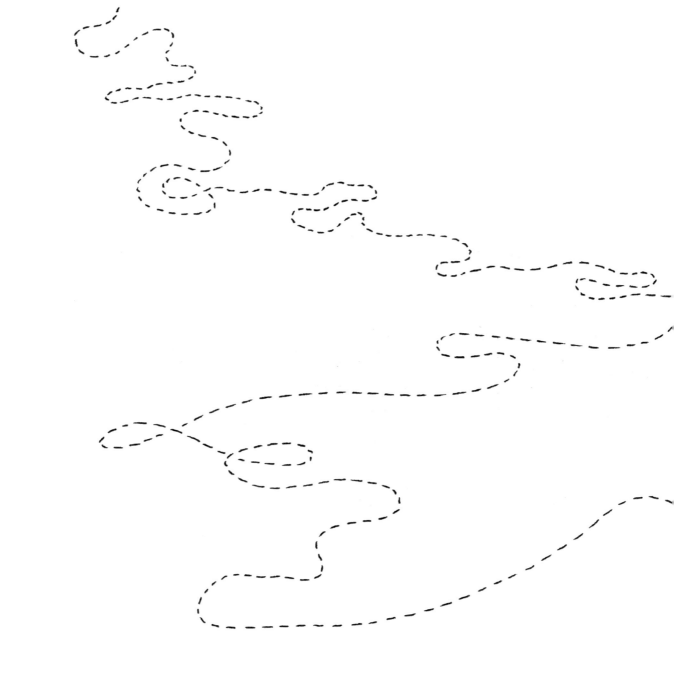

跑……

一直跑……

直到你身邊，對你說⋯⋯

有你真好！

創意系列

這就是我

文·圖 / 威希特
譯 / 林煜幃

總編輯 / 郝廣才
責任編輯 / 林煜幃
美術編輯 / 陳采瑩

出版發行 / 格林文化事業股份有限公司
地址 / 台北市新生南路 二段2號3樓
電話 / (02)2351-7251　傳真 / (02)2351-7244
網址 / www.grimmpress.com.tw
讀者服務信箱 E-mail / grimm_service@grimmpress.com.tw

ISBN / 978-986-189-059-3
2008年2月初版1刷
2017年11月16刷
定價 / 199元

格林繪本網
GrimmPress.com.tw